桃李叔

依達

復刻版序

又看到年輕時所寫的小說，非常的驚喜，因為有很多故事和情節，連我自己也忘了。再重溫，很值得。

依達

目錄

年輕人啊！你們惶惶惑惑地在尋求甚麼？在書本中尋求知識？在春光裡尋求愛情？愛情卻使生命受難，希望落空。悲苦日子終要過去，少年人是在受難、失望中成長了。

※〔一〕

「妳就是從澳洲來的丁妮嗎?」坐在桌前的那位女教員冷酷地看我一眼,這樣問。

「是的。」我輕聲答。

「讓我看看你的証件。」

「這是入學書,這是學費單。」我怯怯地把兩張証件交了給她。

她只瞥了一下,托一托架在鼻樑上的眼鏡說:「你跟我來。」

她走在我的前面,我提着兩隻小皮箱無聲地跟着她。

我們通過一條擦亮的長甬道,又穿過一個有噴水池的校園,最後在一大排白色的平房前站住了。

「這是女生宿舍，」她指一下：「你的宿舍是一〇六號，他們開課已有一星期了。」

「我是昨天才下飛機的，」我說。

她似乎不大留意我的說話，自顧道：「他們正在上課，我看你還是明天才開始你的課程吧。」

我點點頭，正想跟她說謝謝，但她已轉身走開了。我挽着箱子，一間一間的找着，直到第一〇六號，我推開那道白色的房門，逕自走進房去。

房內並排着三張小床，兩張床鋪上了白色的床褥，靠窗的一張空着，我知道那是留給我的。

我鋪好了我的床，偶然看到書桌上放着一張女孩子的照片，她長得很美，眼睛圓大而有神，頭髮是披散的。在照片的一角我發現一個英文簽名：「羅愛娜」。

我自房間踱出來向課室走去。課室離宿舍很遠，但卻佔地很廣大；是三層樓的新型建築物。學生們都在上課，一路上我見不到一個人，只有幾隻麻雀在草地上啄食。

所有課室都掩上了門，但我卻發覺左面第二間課室的門並沒有掩上。我走過去在門外張望着。

※〔一〕

我發覺左邊第二間課室裏，靜靜地坐着一個端秀的男學生。

課室是空的。所有桌子都空着；但在最後一行的那個位置上，靜靜地坐着一個穿校服的男學生。

他的頭是垂下的，他的眼睛正注視着書桌上的一本書，他的厚而且寬的手掌擱在書桌上，另一隻卻撐在額頭上。

也許因為我衣服的磨擦聲驚動了他，他抬起頭來，驀地見到了我，眼睛顯露出一陣子的詫異。

「這是F. 4B 課室嗎？」我低着聲問他。

他點一點頭不響。

「給我找對了，」我走進課室，忽而我問：「這兒的人呢？」

「他們上體育課去了。」他看我一眼。我想對他笑笑，但他立即把眼光轉移開去了。

我在一個位置上坐下，問他：「為甚麼你不上體育課？」

他皺一皺眉頭，聳肩道：「我從來不上體育課的。」

「不喜歡？」

「不！」他低下頭去，又看着他的那本英文書。

「他很漂亮。」我心中暗忖。

他的確很漂亮，也許我不該說他是英挺，由於他是文靜的、清秀的，令人好感的；但在他的談吐中，我感到他很寡言，也許他在討厭跟我說話。

課室中靜默着，我在暗暗凝視他的側面，看着他鼻樑，眼凹與嘴唇所形成的曲線。

他突然抬起頭來看我，見我看着他，於是立即驚惶地把眼光移開了。

他很怕羞。

「我叫丁妮。」我自我介紹：「明天起我就開始在這兒上課了。」

「我英文名字叫愛活。」

「愛活，」我走過去，並說：「第一次見面你認為我們該握手嗎？」

他伸出手來與我相握了。他的手是涼的，但我的手跟他比起來卻又顯得那麼地細小可憐。他笑了，我發覺他笑起來是這麼的好看，這使我不自主地牢看着他。

他很侷促，連忙對我說：「很高興認識你。」

我不喜歡交際，只能回答說：「我也是。」

我們馬上沉默了，我極力想些甚麼來說，但卻動不出腦筋來。

幸而他先開口說：「你缺課快兩星期了。」

我點點頭，說：「半小時前我還住在酒店，我剛從澳洲到這兒來的。」

「我知道，羅愛娜說過的。」

記起房中的相片，我吃了一驚：「羅愛娜說甚麼？」

「她說她將會有一個從澳洲來的女孩跟她同宿舍，她早將這消息告訴了大家，」說完他又加上一句：「她是全校最喜歡出風頭的女學生。」

「她很漂亮。」

「你見過她？」他詫異地問。

「在宿舍見過她的照片。」

他俯頭看看手錶說：「他們快要下課了。」

我明白他的暗示，笑笑說：「讓他們見到我在這兒一定很驚奇，我先回返宿舍去。」

他點點頭，笑得很特別。

回到宿舍的時候，下課鈴響了。

※〔二〕

※〔二〕

下課大約五分鐘後，我聽到一陣陣的嘈雜聲向宿舍洶湧而來。克嘞一聲，房門開了，從外面衝進一個人來。

我以為是羅愛娜，回頭一看，門邊站了個短頭髮的圓面孔少女。她手臂挾着一疊書，兩隻閃光的眼睛不住向我打量着。

「你是丁妮？」她忽然這樣地問我，聲調是跳躍輕鬆的。

「是的。」

「噢！」她把書向床上一扔，活潑地跳過來拉着我的手：「你比我想像中還要美，我和羅愛娜等了你很久了！」

她年紀不會太小，但她活像一個小妹妹，我笑了。

「你叫我南茜好了，」她向床上一坐：「他們都叫我小山貓。」

我看她很俏皮，又很美，於是對她很有好感：「為甚麼他們叫你小山貓？」

「哦，他們講我凶，其實我很好，」她攤手伸伸舌頭：「不過對男同學我是凶一點。」

我聽得眼都瞪了，她卻揮揮手：「我們班裡許多男同學都是壞蛋，所以我不凶一點也不成了。你可要小心！」

我格格大笑，突地一個嬌聲在問：

「笑些甚麼呀？」

我向門旁一看，羅愛娜進來了。她也挾着書，頭髮披在頸後，一揚一揚的儀態萬千。

南茜馬上替我們介紹了，羅愛娜可比南茜老成得多，坐在床沿問我：「剛從澳洲來？」

「昨天。」我說。

「為甚麼你進這寄宿學校？這兒沒有親人？」

「父母在澳洲。」我隨口這麼說。

※〔二〕

她像極之羨慕的哦了一聲：「要是我做你就好了，我就是父母管得嚴，這才把我送進來的。想起來就教人生氣！」

我發覺她很注重面部的美態，無論說哪一句話，她都盡量做得使別人感到她的漂亮。因此她有點兒做作。

「妳呀，」南茜的小嘴忽然在旁插了進來：「該你個死，誰叫你總是心野，一天到晚沒心思上課！」

羅愛娜不睬她，自顧跟我說：「以後我們是同宿舍了？我們這兒真妙，下次一件件事情慢慢告訴你。」

南茜在身旁推推我：「她是最風流的，一天到晚跟男同學搞羅曼史。」

羅愛娜卻跟我說：「這小山貓最多口，聽她說沒一件靠得住。」

南茜氣大了眼，我卻笑了起來；有了這兩個同學，我想我是不愁寂寞的了。

南茜突然問我：「有游泳衣嗎？」

「沒有，」我問：「幹嗎？」

「啊喲，」她懊喪地叫道：「怎麼不帶游泳衣來呢？你難道不知道我們學校有游泳池的嗎？我們每天都是游了水才吃晚餐的。」

「我最愛游水，可是……」我也隨之懊喪起來了。

「嗱，」一件東西向我兜臉擲來，原來是羅愛娜扔給我的，她一邊說：「我借你一件。小山貓，快換衣去！」

南茜拖着我跑出去，羅愛娜在後跟着。我們的學校真夠大，轉了十七八個彎我才見到那個清澈見底的游泳池，已有不少男同學在載浮載沉了。

我們從更衣室出來，羅愛娜第一個跑上池邊去。她的身材美若浮雕，還沒站穩池裡的同學們一把已把她拉到水裡去了。南茜也撲通一聲向池中一跳，濺起了一大陣水花。我跟他們不熟，所以只坐在池旁看他們嘻哈大叫。

忽然池中一個男孩的頭竄了上來，指着我大叫：「Wonderful One！」

接着一大群男生的目光向我直射過來，又喧嘩大叫着。我羞得滿面發熱，正想逃走，但腳底被人一拉，蓬的一下也掉進了水裡。

水很深，我一直沉下去，卻浮不起來。正在奇怪，這時才驀地驚覺有人攬着我的腰，纏着我，並且貪婪地擁緊着我。我大驚失措，在朦朧的水底我分清他是個頗強壯

※〔二〕

的男孩，但卻不能看清他的面貌。我一陣驚慌，咕嚕嚕飲進三大口清水。

我拼命地掙扎，用拳搥他，轉眼間他無聲地消失了。消失了纏力，身子一輕，我浮了起來。我爬上了池邊，乏力地喘着氣。

羅愛娜嬉嬉地跑過來，坐在我身邊。她見我神色現露驚慌，忙問：「咦？你怎麼了？」

「斷命鬼！……」我開口胡罵，但心中一羞，要說也說不上來，只能頓着腳：「不曉得！不曉得！」

我死催要回宿舍去，羅愛娜沒法，只能陪我離開了游泳池。

我心中突突亂跳，暗恨那個惡作劇的男學生：「我非查出那個壞蛋不可！」

迎面走來一個身材瘦削的男學生，羅愛娜忙指着告訴我：「這就是害小山貓患單相思的男孩了。」

「有這等事？」我看他一眼，輕問：「他不喜歡南茜？」

「誰知道，」她說：「他們一天到晚鬥氣，倒像冤家！」

「人不難看，但似乎瘦了一點。他叫甚麼名字？」

「他是我們同班，叫大山貓！」

「哇！」我叫了起來：「他叫大山貓嗎？」

羅愛娜笑着點點頭：「南茜喜歡他，已是人盡皆知的了，小山貓對男學生最凶，但不敢對他發脾氣，所以我們叫他大山貓。」

我捧腹狂笑，她用手撞我一下：「我們好朋友，明兒你見到哪位合心合意的儘管告訴我。我和南茜會幫你的忙！」

我怪她胡說，追着她要打。她一邊逃一邊說：「怕甚麼羞！要是你打了我，下回求我幫你我也不幫了！」

我破口大罵，心中忽然想起了一個人，是坐在最後一行的男孩子愛活。

※〔二〕

※〔三〕

傍晚七點半，我們走進了食堂。食堂潔淨而又寬敞，依校規上説，在食堂只能低聲説笑而不能大聲囂叫的。

我、小山貓和羅愛娜坐在一角，羅愛娜代我取了我的晚餐。我發覺羅愛娜每到一個地方都吸引着一大批的男同學；他們的眼光隨着她的身子向左，又隨着她的身子向右，羅愛娜毫不理會，我卻暗自羨慕她起來了。

當我低下頭去準備用我第一口晚餐時，我發覺很遠的那張餐桌上有人遙視着我。我抬頭一看，心中暗暗一跳，是愛活！

他穿了一件白襯衫，顯得他面部特別的清秀，他低下頭去，佯作見不到我。我注視着他，我意識到他一定再會向我望過來的。

果然他又看過來了，眼光是膽怯的、懼怕的、卻又是溫柔的，他的眼光令我體諒到一陣的暖意。我立即對他笑笑，但是他的眸子又移開去了。

「他不肯接受我的微笑。」我心中一陣失望，覺得很頹喪。

然而他立即抬起頭來，我見到他在笑着，我看看左右：她們都在用餐，他的確跟我微笑！

我吃得很慢，我見他早已用完了晚餐，但他沒有走開。

「吃快些，」南茜在我耳根說：「別讓男同學笑話了。」

我忙扒完了飯，南茜一指嘴說：「走吧！」

羅愛娜嚷着：「別走，碗要我洗？」

「難為你一次了！」南茜回頭笑着說。我乘機看愛活一眼，他仍坐着，但沒有看我。

飯後與南茜在校園中散了一會步，她告訴了我許許多多學校中的趣聞，卻沒有說到她的那隻大山貓。

熄燈的時候是十點鐘。宿舍中一片寂靜，月亮照在我的床上，銀白色一片。

※〔三〕

「有火柴嗎？」羅愛娜在床上向南茜發問。

「要火柴幹嗎？」我說着轉身去看她。只見她坐在床上，嘴角含着一枝香煙。

南茜把火柴扔給她，我慌惶地嚷：「怎麼你吸煙？」

「嘿！」南茜哼一聲：「她的那位男朋友教她的。」

羅愛娜擦地點燃了煙，悠閒地吸了一口：「這又有甚麼大不了！」

我忽然覺得她很墮落，對她的行徑我起了一陣反感。

我轉身闔上了眼，南茜輕輕跟羅愛娜說：「她不喜歡你吸煙。」

「是嗎？」

「她一定不會喜歡你的行為的。」

「別吵了，睡吧！」

羅愛娜熄了煙，把煙蒂包好藏了起來，接着她也睡下了。

我睡不着，躺在床上光睜着眼。一個鐘頭又一個鐘頭過去了，我見到書桌上的小鐘指正着十二點半。

「答」——

我床頭的窗子響了一下。我睜眼一看，忽然發現窗外佇立着一個黑影；像是男人！他的衣領翻上着，頭髮的影子很長。

我驚惶之極，正想叫喊，只見羅愛娜骨碌一聲跳下床來，跟他做了做手勢。接着她披上一件外衣，鬼鬼祟祟地赤腳溜出門去。

我聽見窗外有人低聲説話，是羅愛娜的聲音：「噓——你怎來遲了半個鐘頭？等得我要命！」

「巡妳們宿舍的老姑婆還沒睡，我怎能來？……」

聲音去遠了。

我好奇地坐起來向外望去，羅愛娜赤着腳依在他身旁雙雙向遠處走去。

「奇怪嗎？」我身後起了一個聲音，回頭一看，南茜也坐起來了。

我詫異地問她：「甚麼道理？」

「談情呀！」南茜説：「杜令是她情人，一天到晚搞這套。」

「學校方面知道可不成的呀！」

「他怕甚麼。」南茜又向床上一躺。

※〔三〕

「妳的男朋友呢？」

「我沒男朋友，」她輕輕吐了一口氣：「誰肯要我呢？——我們還是睡吧。」

我暗笑着，不響。

半個鐘頭後羅愛娜還沒回來。我沒法睡着，我聽到南茜的輾側聲知道她也沒睡着。那隻小山貓不肯承認單思大山貓，我卻想着妙機非要她認出來不可。

我轉了個身，佯作發夢囈似地喃喃呼着：「大山貓，大山貓！你怎不來哇！」

南茜擦地跳了起來，推着我：「喂！你說甚麼？」

我搓一搓眼睛：「我……我說了些甚麼？」

「呀喲，」她焦急起來了：「你剛才在做夢？」

「是的，我夢見了大山貓。」

「大山貓？」

「妳的大山貓呀，」我坐了起來：「難道你還賴！」

「好傢伙，作弄我！」她跳到我床上來按着我要打：「誰告訴你的？」

「神仙告訴我的，」我笑着。

「我不許你叫他大山貓，」她的圓眼睛盯住我：「你叫他奧拔才對，他是姓林的。」
我忽然眼光炯炯地問她：「你是不是很喜歡他？」
「不！」
「為甚麼？」
「他不喜歡我，為甚麼我要喜歡他？」她說：「他這人沒良心！」
「他對你不住？」
她想了一想：「這倒不是，但誰叫他一天到晚跟我吵嘴……」
正在說着，她忽然低頭噓了一聲，匆匆跳回床去佯睡了。
房門開了一條縫，羅愛娜探頭進來瞧瞧，又向門外說：「明天在課室見！」
她正想進來，但門外一隻手猛烈把她拉了出去，一個低沉的、有魅力的聲音在說：
「給我一個 Good Night Kiss！」
「別……」外面沉默了，我聽見羅愛娜滿足的、興奮的，從喉頭發出來的唔唔聲。
最後是羅愛娜沉迷着而輕微的聲音：「Bye！」
他走了。羅愛娜偷偷的躡足上床，蓋好了被。
※〔三〕

※〔四〕

我和羅愛娜她們走進課室的時候，同學的眼光都向我身上盯着。做一個新學生我早料到這一着，所以我裝得特別的平靜和安寧。挾住一大堆的書，我向座位上一坐。

「大山貓來了。」南茜回過頭來跟我說。

奧拔挾着書笑口吟吟地走進門來。見了我他落落大方的跟我點點頭。他的座位就離南茜不遠，南茜一見他，立即笑得甜潤異常。我轉頭回去看看最後一行的愛活，他撐着頭在紙上亂劃，我真想過去看看他畫的是甚麼。

羅愛娜因為起身遲，趕不及梳頭，坐在座位上用小梳子不斷向自己的長髮梳着。忽然南茜向我眨眨眼：「杜令來了！」

「誰是杜令？」

「昨晚敲窗子的那個……」她還沒説完，杜令已從課室門外掩進來，他的進門姿勢特別吸引人，雙手插在袋中，頭俯低着，我看見他梳得很光亮的長烏髮。

他把書本向桌上一放，坐下後立即轉頭來看我。他見到我，我也見到了他；他的眼睛很深，卻射出一種令女性們心恍神搖的光芒，他的唇上留着一撮淺色的、柔軟的短鬚，他的嘴角像露出一種似笑非笑的迷態，他的強壯而又粗大的臂膊令每一個少女都起了一種莫名的羨意。

他的眸子向我掃射過來，我起了一陣強烈的心跳；我不明白是不是為了知悉了昨晚他與羅愛娜的一切而有這種感受？或是他的吸引力吸取了我？我唯一能做的便是避開了他的眼光。

但他卻向我走來，直到我的面前，他站住了。

我把眼睛盡力低看下去，我看到了他腳上的那對猄皮鞋子。

他忽然開口了，用昨晚對羅愛娜所説過的迷人聲調向我問：「妳就是丁妮小姐嗎？」

※〔四〕

當我走進課室的時候，同學們都向我身上盯着。

「是的。」我匆匆半站起身來。在學生身份上，他在我名字後面加上了個「小姐」，令我感到很新奇很刺耳。

羅愛娜急急走過來，插在我們中間說：「這是杜令。」

他伸出手來，我握了一下，覺得他手心炙得發燙，卻不像愛活似的冰涼。

他笑着看住我，把眉毛拖下來，一會兒又向上蹙上去，他說：「你不妨跟我做朋友好嗎？」

我驚奇於他這樣的詢問，羅愛娜也鼓起了眼看住他。

我瞥見同班們都注視着我，令我很窘。終於我舐舐唇說：「那個自然，我們現在不是同學嗎？」

他略一點頭，摸摸自己的額角坐到座位中去了。

我看見愛活沉靜地一刻不停地注視着我，我侷促萬分，不明白杜令剛才的舉動含着甚麼意義。

羅愛娜一聲不響回座位去，分明她對杜令的舉動不滿了。南茜卻湊過頭來說：「我說我們班中的壞蛋就是他，你小心才好！」

※〔四〕

我笑笑不響，心中卻暗道：「他很壞嗎？」

「他怎不穿校服？」我問南茜。

「他不喜歡。」

「我喜歡他的樣子。」

「但他很輕浮。」

上課鈴響了。南茜說：「這是我們級主任邱吉爾——你看她像不像邱吉爾？」

我向正在進門的班主任一望，暗暗一怔，就是昨天要看我証件的那位冷面女教師。

細細向她一望，果真酷似英國首相邱吉爾，我忍不住想笑。

我們用英語向她道了一聲早安，她便開始授課了，授的是物理。

「你看她是不是很冷酷？」南茜的嘴老是不肯停，仍喃喃向我發問。

我點點頭。

「哼，不是嚇你，她甚不正經！」南茜說：「她冒充自己沒有結婚，跟學校的那個英籍教師瞎搞一通！其實她已結過二次婚了。」

「啊？」我真吃了一驚：「她的丈夫呢？」

「離婚了。」

「他姓甚麼？」

「別管她！叫她邱吉爾好了！」

「南茜！」驟然一聲怒吼，女教師指着南茜怒責道：「妳在講甚麼？」

南茜呆了一忽，僵住了。我覺得扑扑一陣心跳，一定「邱吉爾」三個字給她聽見了。

邱吉爾虎虎眈視着南茜：「從我踏進課室到現在你未曾停過口，我講教到哪兒啦？」

南茜不響，像在作無聲的抗議。她一步步走近來，我想這回定糟了。

突然一個低沉的聲音響起了：「Madam，我們的課程已經教慢了。」

我與邱吉爾同時轉頭過去，說話的是杜令，他發言時還恭敬地半舉着手。

「噢，」邱吉爾匆匆走回講壇去：「我們必須繼續下去。」

杜令回頭對我和南茜笑笑，笑中帶有勝利的成份。

他解救了我和南茜，我對他報以一笑。他略抬一抬手指，表示接受了。

「不要臉！」南茜憤憤不平地在嚕囌：「她就怕杜令一個。」

※〔四〕

我覺得很奇怪，忙問：「為甚麼？」

南茜輕輕説：「杜令是杜校董的獨子呀，她難道不怕？」

我略帶着吃驚：「原來他是校董的兒子！」

「所以他可以不穿校服，也可以在女生宿舍自由出入了！」

我忽然明白羅愛娜為甚麼選他做男朋友了；她本人喜歡出風頭，而他卻是校董之子！

驀地南茜枱上多了一張紙團，是「大山貓」奧拔拋過來的。南茜滿面喜悦地攤開來看，一看之下當堂面青：

小山貓：

該你死，給先生罵。醜也不醜？

奧拔

「該怎樣罵他才對？」南茜問我。

我搖搖頭：「我不參與意見，你們是冤家！」
南茜匆匆寫了幾個字扔回去給他。我問：「你寫了些甚麼？」
「只是五個字！」她說：「放你個狗屁！」
我很不喜歡邱吉爾的聲音，但為了要趕上兩星期曠掉了的課程，我不得不放下些心思去。
但是快將下課前課室中又出了亂子。
邱吉爾真夠厲害，不聲不響的一邊授課一面走近愛活的座位，驀地伸手閃電似地把他正在畫着的那張紙片搶了過來。並且叱責道：「你一天到晚畫畫，想做畫家麼？」
她把他的畫公開了，大家嘩然大叫：是一個女孩背影的素描。我忽然像觸着了甚麼，背上一陣炙辣。我眼尖，我認得那背影和那髮型，正是我的！
回頭去看看愛活，他很不安，羞慚而又難過地用手托着頭。
我突然感到他很沉靜、很深意、也很憂鬱，也許因為他在背後無聲地畫着我的緣故。
這剎那我感到高興，但我說不出高興的道理來。

※〔四〕

一下課，同學們都像解散了的囚犯般地蜂擁出課室去，連小南茜也邊跳邊嚷的跟着奧拔走了。

只剩下我一個埋頭在課室內趕抄着空漏了的摘記。

身後有人微微咳嗽，我轉頭去看，原來愛活仍坐在位子上，沒有走開。

「你不出去？」我問他。

他搖了搖頭。

我見他不響，繼續補抄我的筆記。

「也許你不知道，但我必須向你道歉——」他囁嚅地在我後面說：「我現在才覺到我的無禮，剛才我畫的是你。」

「我知道。」我笑着，很平靜，一絲兒責怪的意思也沒有。他不敢直視我，垂下了眼皮。

「你喜歡畫畫？」我問他。

「是的，」他頓一下：「我還喜歡唱歌。」

「你為甚麼不去美術學院學畫？」

「我學過一個時期……」他把聲音漸漸拖緩下來：「我以為一直學下去將來定會成為名畫家的，但是……我現在發覺我想得太天真了。」

「為甚麼？」

「我停頓了學畫。」

「為甚麼？」

「沒有機會讓我學下去。」

「為甚麼？」

「我……」他忽然用手托住了額角，沉鬱地緩慢地說：「父親在二年前去世——我從小就失去了母親，父親一死，我失去了經濟上的依靠……」

「——」我用手掩住了口，啞口無言地望住他。原來他是個孤兒，我呆了。

「現在我升學的費用全部是依賴我姊夫支持的。」他還在繼續說下去。

我忽然呃呃地截住他：「我……很抱歉……令你提起這個。」

我覺得他很可憐，我不禁對他起了一種好感——也許那是憐憫，也許那是同情。

——我不明白我為甚麼突然會替他難過起來。

※〔四〕

他的模樣很黯淡，表情很頹喪。我回過身去，用背朝着他。

我嘗試想安慰他，但我說不出話來。

「……我是個不幸的人，還有許多的不幸……」他把頭埋在掌內，聲音細得像絲。

「你應該出去走走，別老坐在座位上。」我向他提了一個這樣的建議。

「我……」他有點兒呑吐，想說些甚麼，但最後只搖搖頭。

我發覺他很不健全，也許心靈上有過某種的創傷——不知道他是不是失過戀？

我懷疑着，又疑惑着。

※〔五〕

羅愛娜和南茜又跳進泳池去了。我又穿着泳衣在池邊坐着。

我有一個奇怪的念頭，我希望那位拉我下水的男生再次拉我下水去，這次我一切有所準備，所以決定捉牢那個惡作劇的壞蛋把他教訓一頓。

我擺了一個優美的姿勢，然後把我的腿伸進水裡去。

但是沒有人來拉我下水，也沒人過來摸一摸我的大腿。

我等得有些兒煩躁了。

忽然池中冒起一陣水花，兩隻粗壯黝黑的手臂攀住池邊，一個碩壯的男孩體軀從水中撐了起來。我認得那兩隻粗壯的臂轉，心中一陣急跳。

他動作快捷地跳上池邊，一屁股坐在我身旁。裂嘴笑着：「嗨！丁妮。」

被池水濕透了的頭髮柔軟地貼服在他的頭顱上，水珠從他額上流下來，直淌到唇邊。

「咦？你不睬我？」他詫異地問我，兩顆眼珠向我溜溜直轉。

「嗨！杜令。」我呆板地，戲劇化地移動着我的嘴。

他笑了，笑得很迷人。

「你不游水？水不冷。」他抹着頭上的水珠，問我。

「我在等一個人。」我也笑着，笑得有點兒惡意。

「誰？」

「別管。」

「男生？」

「是的。」我點點頭應道。

他不再響了，望着池水出神。忽然他看着我，又輕聲地：「我知道你在等愛活，是嗎？」

「啊！」我差些掉進水裡去：「你怎會如此說？」

他聳聳肩，仍在笑，但說的話有些兒酸意：「你跟他特別好。」

我微微一驚：「你何以知道？」

「我看得出，」他說：「我一直在注意你。」

我暗暗着急，一定他聽去了我與愛活在課室中的談話了。

「上課時他一直在後面默視着你，他畫的像也是你。你是不是也總回頭去望他？我見到的，」他坐近我一笑：「因為我也一直在注意你。」

我瞪着眼睛坐開一點：「你注意我甚麼？」

他斜下了一條眉毛，樣子顯得特別的英俊。他輕聲說：「是的，因為——你漂亮。」

「去你的！」我拼着全身之力向他一推，他澎的掉到池裡去了。我笑罵着：「油嘴！」

我還沒罵完，他閃電似地又從泳池中爬上來；又坐在我身邊；又是照樣地看住我。

「你別這樣看我，你不怕羅愛娜恨你？」我拿他沒法，只能往池中一跳。

他也跳下水來，在我身旁泅游着：「請你告訴我，是誰告訴你關於羅愛娜的？——

※〔五〕

是不是她告訴你的？」

我看看他，見他面色徬惶萬分，很焦急地瞧着我。

我不理他，游開去。

但一側頭，只見他仍無聲地跟着。

我討厭地埋怨着：「別跟着，羅愛娜來了。」

他急急回頭去看，見到羅愛娜正在跟幾個男同學玩得起勁，於是說：「她管不了我。」

我向池的對面游去，他仍死盯着。

我憎恨他那副老面皮，又暗地喜歡他纏着我，但為了表面上的尊嚴，我罵道；「走開！」

他嘻皮笑臉地說：「你是蜜糖，我是蜜蜂，我沒有離開你的理由。」

我越聽越不成話，一跳到池邊，鐵青着面：「你別對我說這些話，你要說，去跟羅愛娜說好了！」

他聽了搖搖頭，又聳聳肩。終於沉下聲說：「Sorry！」

「去你的！」我拼着全身之力向他一推。

我本想狠狠教訓他一頓，但一見他低聲下氣，心中就莫名地軟了下來。

他望着我不響。我望望他，也不響。

他忽然正經起來，問：「你喜歡跳舞嗎？」

「喜歡又怎樣？」

他像孩子般地笑起來，指着自己的胸口：「我不難看，又會跳各種的舞步，你喜歡我這樣的舞伴嗎？」

他面皮真厚，令我有點兒好笑：「我們在課室中跳？」

「哈！」他拍了一下手：「那就行啦，你說過的話可不能賴，你已是我的舞伴！」

我莫名其妙地張口楞着，我弄不清楚他搞的是甚麼鬼？

「這個週末我們全校將舉行新舊生聯歡舞會，」他興奮地用手搭在我的肩頭上說：「在大禮堂舉行。一年才有一次，我由去年直等到今年，等得頸都長了。」

我沒聽完已高興得跳了起來：「真的有舞跳？」

「還有樂隊！是學生自組的。」他滿臉自傲地說：「我是樂隊領班，而你是我舞伴。」

我驀地想到了愛活，又想到了他的羅愛娜；我驚覺了，忙說：「我不做你伴舞——你幹嗎不叫羅愛娜？」

他毫無顧忌地告訴我：「很簡單。她不及你好看。」

他緩緩地把手掌攤在我面前，輕聲說：「伸出你的手，讓我們握手為定。」

「羅愛娜會生氣的。」我自個兒有點搖動了，我發覺我在軟弱下來了。

他不響，俯下頭來看我垂下的眼睛。我一接觸他的眼光，全身都麻痺了。我只覺得心恍神搖，像跌進了迷霧重重的山淵裡去了。

我知道他是危險的人物，我極力阻止自己伸出手去。然而我失敗了，我屈服在他那雙充滿魅力的眼光之下，我毫無主意的伸手給他；他握着我，令我週身都酥軟了。

他再三說：「不准賴。」

「我不賴，」我說：「不過我沒有漂亮的衣服。」

他深意地看着我：「你即使穿上破衣服也是美麗的。」

我不相信世界上有這樣討女孩好感的男子，但我已竟遇到了，而且我屈服了。

我忘記了我的好友羅愛娜，也忘卻了我心底原有着的愛活；現在我只見到杜令一

※〔五〕

個，腦際充滿了他的笑，他的聲音和他的眼睛。我該承認我被他迷倒了。

當晚，羅愛娜在搜箱子，把衣服攤了個滿床。南茜悄聲在我耳根說：「又是她出風頭的時候了。」

羅愛娜忽然尖聲問我：「丁妮，你週末穿甚麼衣服？」

「我不曉得，」我說：「一切都沒有準備，我又沒好衣服。」

她抓起了一套白裙，在我身前比了比：「這件剛恰好，借給你吧。我只穿過一次。」

細細一看，是尼龍質料的，我忙說：「你穿好了，我沒關係。」

南茜說：「羅愛娜去年就穿這件，她不願杜令見到她又穿着這套裙子，所以她借給你也沒關係的。」

「胡說！」羅愛娜瞪着南茜說：「瞧你生着這條爛舌頭，難怪奥拔不叫你做舞伴了！」

一提到奥拔，南茜往床上一倒，不響了。

我默默不響，心中有點兒懊悔。羅愛娜還嚷着借我禮服，但誰知道我卻跟她的杜令有了默約，她還以為杜令一心會叫她做舞伴哩！羅愛娜待我太好，令我覺得很羞慚，

※〔五〕

當我憶起杜令的時候，我忘記了好友羅愛娜，也忘記了我心底原有的愛活。

我對她不住，我知道！

「怎麼？你不喜歡這件衣服？」羅愛娜走到我身跟來：「你別愁，我介紹一個男同學給你做舞伴好了！」

「我已經有舞伴了。」我輕聲說。

「啊！那麼快！」南茜和羅愛娜都叫了起來，拖住我問：「快說出來聽聽，他是誰？」

「我……」我怯怯地看着羅愛娜，終於衝口說：「杜令求我做他舞伴，我答應了。」

羅愛娜吃驚的、慌惶的退縮了下去，南茜瞪眼瞧着我。

「請你們別誤會，」我慌忙拉住羅愛娜說：「我不是喜歡他！」

她呆了一會，忽然露着笑容說：「你為甚麼這樣緊張？你以為我會生氣嗎？別太幼稚了。」

我不大明瞭她的心情，因此呆望着她。她聳聳肩拍拍我膊頭，又去找衣服了。

「我早告訴你他是壞蛋，你還要做他舞伴！」南茜在我耳邊埋怨着。

我卻看着羅愛娜，她雖裝得毫無動容的樣子，但我怕傷了她的心。我走到她身後，輕聲叫她：

「羅愛娜。」

「唔？」她回過頭來，臉上帶着笑。

「你不怪我？」

她搖着頭，輕鬆地說：「別愁我沒舞伴，許多同學等着跟我跳舞咧！」

「昨天你問我要是我看中了誰就告訴你，」我為了想不使她對我猜忌，我這樣說：「現在我想我應該告訴你了——因為我已看中他了。」

「誰？」她緊張地問，南茜也把頭湊了過來。

「愛活。」

我一說出，只見她們瞪大着眼，樣子像很驚奇又像很詫異。

我忙問：「怎麼了？」

「他——」羅愛娜想說甚麼，但卻改口說：「他是最用功的學生。」

我升起了一陣疑團，我不明白為甚麼一說出愛活她們就會吃驚起來，道理是甚麼？

※〔五〕

※〔六〕

紅燈、綠燈、黃燈、藍燈都亮了，光滑的蠟板地上反映起一片五光十色的燦光。接着樂隊響起了悠揚的華爾滋，歡樂的情緒在同學之間泛起了，這是一年一度聯歡舞會中的第一首舞曲。

我穿着羅愛娜的白晚服坐在台上。我就坐在杜令的隔鄰，他是這兒的領班，也是樂隊中的鼓手，而我則是他的舞伴，所以我不得不乖乖的坐在他身旁伴着他。

我向台下一望，禮堂四周排着兩圈坐椅，上面坐滿了人——男生坐在右邊，女生坐在左邊。還有教員們都坐在台前的那列長椅上。

我的眼睛向台下的人群中搜索着，我見到羅愛娜在笑，南茜在說話，奧拔則在偷看着南茜……還有愛活呢？——我望來望去可是看不見他。

出於全會場人們意料的，第一個下場跳舞的人是「大山貓」奧拔，而更令人驚異的是他竟請了南茜做他的舞伴！

南茜在眾人注目之下緩緩的站起來，她興奮而又激動地把手遞給奧拔。她的嘴角微露着甜笑，她的眼睛泛着歡悅而又不大置信的神色；我從未見到南茜有這一刻的美麗過，在奧拔的臂彎中她顯得嬌小玲瓏卻又是那麼地豐腴。

南茜滿足的眼光向我射來，我向她點頭示意，她笑了。

我很羨慕他們，也為南茜而欣慰。

第二對起身跳舞的是邱吉爾，她的舞伴不消説自然是那英籍教師，那英籍師儀態翩翩，又高又大，卻不像邱吉爾那樣矮小。他們跳得很攏，也許他們不再懼怕學生的流言了。

羅愛娜也下場了，她穿得很暴露，雪白的頸項上還套了一大串發光的首飾。她把頭緊靠在那男同學的腳上，眼光卻向杜令掃來，我真擔心她的唇膏會沾在那男同學的襯衫上。

※〔六〕

跳舞的人越來越多，一對對的看得我眼花撩亂。

我非常渴望下舞池去，但瞧瞧身邊的杜令，他一心一意的在打鼓，哪還理得到我？

我覺得很氣忿，覺得被他愚弄了。

「早知我要坐在這兒受罪，我就不做你舞伴了。」我嘟着嘴在他身旁說。

他急急望着我，苦笑一下：「我等會找個人替我。」

我不響。

他瞧了我半天，輕聲讚美道：「你很美，特別是你的衣服。」

「去年你是不是也這樣讚美過羅愛娜？」我笑着，惡意地看着他。

「甚麼意思？」他張大眼睛盯着我。

「衣服是羅愛娜的，去年的舞會她就穿這套，」我側頭問他：「你忘記啦？」

「我從來沒有注意過她。」他說。

我明知他打誑，盯着追問：「你去年沒有讚過她的衣服美？」

「也許有，也許沒有。」他說：「有時對女孩總要敷衍一下的。」

「原來你把讚美當作敷衍！」我捉狹地笑着：「那你剛才也是敷衍我囉？」

※〔六〕

第一對下場跳舞的是南茜和奧拔，她對着「大山貓」微笑。

「不！」他搖着頭，差些把鼓也打亂了：「我認為——你穿這套衣服真的比羅愛娜穿起來要漂亮得多！」

「謝謝。」我點點頭：「希望羅愛娜沒有聽見你剛才的話。」

他突然抬起頭來看我，滿面疑惑地問我：「你為甚麼説話老不離羅愛娜？」

「因為她是你的——」

「我的甚麼？」

「情人。」

「不！」他叫起來，隨手蓬的把鼓打了個震天響。

「假如不是你情人，半夜三更何必找她來談情？」我平靜地、慎審地説。

我當時不知道自己為甚麼會處處出言頂撞他，我總之覺得他太滑頭、太欺負女孩子，也許我不想被他屈服，也許，我想我是在替羅愛娜憤憤不平。

他當時很難堪，快快地説：「假如你喜歡這樣説，我也沒辦法。但我並不是愛她。」

「為甚麼你會不愛她？」我傻氣地追問。

「因為我愛另一個人。」

「誰？」

「你。」

我格格大笑起來，也顧不到人們在向我奇視，我說：「你太會說謊了，也許幼稚園的女孩會相信你！」

他看看我不響，樣子有點兒在怨我。最後自個兒搖搖頭。

正在這一刹那，我忽然瞥到了愛活。

他穿着深灰的上衣，坐在陰暗的一角。他沒有說話，沒有笑，但我見到他閃光的眼白正向我射來，他一刻不停地凝視着我。

我感到一陣難受，也許是在杜令隔鄰的關係吧——我失去了向他微笑的勇氣，只是呆呆地看着他。

「你是不是見到了愛活？」杜令忽然湊嘴在我耳根說：「我知道你愛他，也許比我愛你還厲害。」

我以為他在取笑，擦地轉頭向他怒視着。但我發覺他誠懇地望着我，他的樣子很可憐；因為他發覺我在怒視他時，他的身子在瑟縮下去。我分不出他是真情或是假意，

※〔六〕

我一半心想提防他，但另一半心卻想信任他；他像是個神，卻又像是魔鬼，我驀地感到自己正處於矛盾之中。

杜令想了好一會，終於毅然向我說：「丁妮，你下去吧。」

「叫我下台？」

「愛活一個坐着，你可以過去陪他，」他笑着說：「假如你喜歡，你可以跟他跳個舞。」

我不大相信這話會出自他口，我望望愛活，見他在座位上站了起來，身影向走廊走去。

我再也不顧一切，急急從台邊下來。在梯級上，我聽到杜令的鼓聲打亂了。

我穿過人群向走廊走去，在黯淡的月光下，愛活在向前踱着。

當我正想叫他名字時，我呆着了。

我赫然明白羅愛娜她們為甚麼會驚奇於我鍾情愛活了，我也明白愛活永遠坐在座位上不上體育課的原因了！

他是個跛子！他的左腿比右腿短了三寸，他是畸形的！

我向走廊跑去，在月光下，見愛活向前踱着。

我感到耳膜嗡嗡發響，我感到心悶腦脹，我感到天旋地轉……我為這突來的意外嚇呆了！

愛活忽然回過身來，他見到我張口楞着，他默了一歎，接而無聲地低下了頭。

「愛活！」我輕叫了一聲。

我看了他那副純真的、難堪的而又令人同情的表情後，我再也顧不了一切。

「愛活！」我大叫一聲，向他奔去。

他有點不知所措，但當我奔近他時，他伸手拉住了我。

我撲在他胸前，他是呆木的，遲滯的，而又怯膽的。

「我——」他嘗試說些甚麼，但他沒有說出來。

我意識到面頰一陣熱——眼淚淌了出來。我把頭靠在他胸前，淚痕濕掉了他的灰上衣。他輕輕低下頭來，他的頭髮觸着了我的耳朵，他的嘴唇碰着了我的面腮，他舉起了右手撫摩着我的軟髮。

我喜歡他這樣做，我喜歡他。

我感到了他的可愛，我們擁着令我領略到溫暖，我不再理會他的跛足了。

我沒有動，他也沒退縮，我們在幽靜的走廊上緊擁着。我沒有告訴他我愛他，他也沒有告訴我他喜歡我，我是沉默的，他是寡言的，但我明白他的心，我知道他也了解我的心！

「我早說過我是個不幸的人，」他的嘴唇移動了：「我早該讓你知道我是跛腿的，但我沒勇氣。」

「別這麼說！」我擋住他。

「你會看不起我嗎？」

我猛搖頭。我說：「我不會，絕不會！」

他握着我的手，輕按在他的胸前。我把頭伏在他的膊上，我想吻他，但是他把我推開了。

「我不需要這些，」他退開去，深深注視我說：「我不需要。」

我心中一怔，我疑惑了。

他說：「總有一天我會恢復正常的，也許那時候我才需要這個。」

原來他是那麼地自卑，我怔怔看住他，沒有響。

※〔六〕

「六歲的時候，我左腿生了一個瘤，當時父親並不注意，直到要動手術的時候，他才發覺事情已是嚴重，」愛活在一條長椅上坐下，用手托着頭，他說：「醫生雖然立即替我開刀，但是由於治療太遲，我的左腿自此就失去了生長的機能，我的右腿一年比一年長，但我的左腿卻年年依舊……」

我坐到他身旁，我想安慰他，但是安慰已不能挽回一切了。

「你不去跟醫生研究？」我問：「一定有方法治療的。」

「我見過七次醫生了。」

「他們怎麼說？」

「要開刀，」他用手指着他的腿：「只有進行矯形手術也許可以治好。」

「為甚麼你不去進行？」我忙說：「你應該去！」

「那需要一筆很大的錢。」

「你沒錢？」

「我有錢，」他用手托着額頭：「是姊夫給我的，但我先要用它做讀書方面的費用。」

「你不能動用它，」我低聲說：「學問比一切都要重要。」

「但我要動用它了，」他停一下：「我去年取得了獎學金，學校能免費讓我讀到畢業，所以我能省下一筆錢。」

我很感動，雖然他很可憐，但我卻認為他很可愛。

「我是不是很可憐？」他輕聲說：「但我並不需要任何人可憐我，我只需要同情。」

我從未聽過這樣真誠動人的話，我不知道我該怎麼說。

「你很偉大。」終於我說：「我同情你。」

他向我點點頭，溫柔地對我笑笑。我覺得他的笑含着苦味。

「我不曉得開了刀之後，我的腿會不會正常，因為希望只有七成。」他搖着頭，瞪出了眼睛，他激動地說：「我不想做跛子！」

我阻擋他，把身子靠在他身前，我觸着他顫抖着的胸膛，我聽到他喘急着的呼吸。我還知道我愛他。

我伸出手臂去擁他，他拼命推開了我。接着我聽見有腳步聲，轉頭只見杜令站在走廊的柱旁，他看了看我，又看了看愛活，不響。

※〔六〕

我懼怕他的眼光，他的眼睛是微帶怨鬱的。我看了它會感到心亂意慌，手足無措。

「有人替了我，」他用眼瞥着我，緩緩說：「所以我來請你共舞。」

我忽然對他憤恨莫名；他明知愛活的跛腿，剛才卻還叫我跟愛活跳舞！

我鼓氣冷冷道：「我不想跳舞了。」

杜令默默望愛活，同時又無聲地看看我。

突然他說：「愛活，假如你想要丁妮，你應考慮先裝上一條假腿。」

我驚震了一大跳，愛活不響，退了下去。我看見他的臉色在發青，但他卻沒動火。

「你侮辱！」我尖叫起來，震着聲音喝他：「不要臉！」

杜令毫不動容，淺笑着說：「我是為你，我想你一定不要跛腿的男朋友的，對嗎？」

我氣得發抖，拼着氣看看愛活；他用手掩着臉，別過了身軀。

我想打杜分幾拳，又想咬他幾口，我切齒罵着：「我的事你別管！我喜歡跛腿的、麻臉的、斷臂的你都管不着！我現在才知道你的心這麼髒！」

杜令木着臉，聳聳肩。

我腦頂冒火，又擔心他會再説些甚麼壞東西出來。我回頭去看愛活，發覺他已走了。

我知道杜令刺激了他，我恨杜令，盯着他。

半晌，他笑笑：「罵夠了沒有？」

我彈起了眼，凶視他。

「看足了沒有？」他叉叉腰：「我是不是比愛活漂亮？」

「你走！」我頓足尖嚷：「滾！」

他又聳聳肩，依言滾了出去。

我想找回愛活，但周圍都是一片黑。

舞池有樂聲傳出，我伏在長椅上哭了起來。

我從沒有為男孩哭過，這是第一次。

※〔六〕

※〔七〕

第二天，愛活沒有在課室中出現，他的座位空着。

我每回轉頭去都望不到他，令我失望而又頹喪。我以為他病了。

第三天，愛活的座位仍空着，我還是見不到他。

我徬徨而又焦急，我想見一見他。我偷偷的去翻點名冊，他的名字上打着請假的符號，我想他的病也許還沒好。

但是下課時奧拔卻沉着臉來找我，一開口就說：「愛活走了。」

「啊！」我覺得地震了，又像火山在爆裂，我用手掩着口，我呆了，說不出甚麼，也不想說甚麼。

「他是昨天早走的。」奧拔說：「他曾給我一封信，叫我帶給你。但後來他又撕去了。」

「他不愛我，」我腦中在訴說，心中在哭：「他甚至不留下一個字，他不讓我抱他，也不讓我靠近他，他不需要我……」

奧拔見我呆着，有些兒慌。我望着他瘦長的身形，憶起了愛活。

我覺得有陣膜遮着我的視線，我極力噙住了眼淚；我盡力在人們面前裝得我自在，裝得我並不在乎，但我知道我將要哭了。

「你不要難過，」奧拔低聲安慰我。

「我為甚麼要難過？」我笑着問他：「我只是可惜少了個朋友。」

他搖搖頭，隔了半晌說：「南茜告訴我的，我和她都知道。」

我再也忍不住眼淚，把頭伏在掌心哭了起來。

奧拔忙搜出手帕交給我：「他一向很沉靜很寡言，他受過很多刺激，所以他很自卑。」

我驀地嚷了起來：「杜令害他走的，是杜令的錯！」

※〔七〕

奧拔莫名其妙地張大了眼，忙問甚麼事。我忽然覺得甚麼都變了灰，一切都夢醒了，我還能提些甚麼？

「沒甚麼，」我揩去了淚：「我並不傷心，算了。」

「他會回來的，」奧拔最後說：「他告訴我他會回來，但他一定要治好腿才回來，他說他不再想聽別人叫他跛足了。」

奧拔的話我都聽見，但我不放在心上——我知道那是他的安慰，我已失去愛活了。——是杜令令我失去他的。

我謝了奧拔，並且佯裝着微笑，我離開了他，回到宿舍去。

在校道上一人低頭沉思，忽然我見到一雙穿黃猄皮鞋的長腿攔着我去路，杜令在面前擋着路了。

他笑笑。

我右走，他攔右。我左走，他攔左。

最後我停着，不響。

「愛活呢？」他惡意地刁鑽地問。

我恨他，我反了常。我不想讓他勝利下去，要他知道他弄走愛活並害不了我！

我毫不在乎笑笑：「他不是走了嗎？」

「你不傷心？」他低頭看看我的眼睛：「你哭了？」

「哈哈，」我不明白自己會笑得那麼逼真：「我憑甚麼傷心！」

他果然驚奇於我的言語，楞楞看了看我。他問：「你到哪兒？」

「宿舍。」

「我們同路，」他說：「我們走走。」

「你並不同路，」我說：「我們的方向相反，你忘了你剛才擋我的路？」

「你嘴很刁，」他沒奈何地說。

「可沒你的毒。」

他沒法子，低聲下氣說：「我們到食堂去飲咖啡好嗎？」

「謝謝。」

「你答應了？」他嘆了起來。

我搖搖頭：「謝謝你的好心！」

※〔七〕

他很失望，我向宿舍走去。他跟着。

「你一定很恨我？」他抬眼觀察我的眼色。

我不響。

「其實我沒得罪你。」

我不睬他。

「你是不是想剁掉我出氣？」他嘮嘮叨叨。

我哼了一聲：「是的。」

他停步了，拉住我：「我現在知道你恨我甚麼了！你在怪我弄走愛活是嗎？」

「我並沒氣走他，」杜令急匆匆往下說：「你別以為我是那種人，你知道，我脾氣很直，我那晚忍不住才說了那些話，其實……」

他眼色誠懇地看住我，他把聲音由高直降到低，他慢吞吞說：「我因為你跟他在一起，我妒忌。」

我看着他，心中恨他，又想寬恕他。心想信任他，又怕他狡猾。唯一的辦法，沉默地。

他雙手緊握着我雙臂，搖動着。我知道他很心焦，他說：「請你不要恨我，一切因為我喜歡你。假如不是因為這樣，我絕不會出口傷人的！」

他竟坦白了，但我不喜歡他，因為我恨他。

他靜止了，看我，走近來，走得很近很近。我見到他兩隻令我心盪的眼珠，我別轉頭去。

他用手撥正我的頭，令我不得不與他相對望着。

我怕他的動作，怕他的眼，我怕他！他是魔鬼。

我上了魔鬼的催眠，我想反抗，但反抗不來了。

「請別恨我，」他輕聲說：「你還恨我嗎？」

我極力想點頭表示恨他，但我卻沒有這個能力。

他來抓我的手，我急縮開去，尖叫：「讓我走！」

他說：「今晚十二點半我在女宿舍走廊等你。」

「不！」我驚叫着：「我不，我不會來的！」

「你不來我就敲你的窗子，一定叫你出來。」

※〔七〕

我驀地記起羅愛娜，我拼命搖頭。

他笑着，在我耳根說：「我知道你會來的。」

他走了，我看住他的背影砰砰一陣心跳。

月亮開始往高空爬起，宿舍中一片死寂。

十二點。

羅愛娜不斷在床上反側，她在等着杜令敲窗子。

十二點十五分。

她失望了。

十二點半。

她睡着了。

我知道杜令在等着我，但我不能去！我心中一團亂。

我盡力安靜下來，然而我決定去了。

因為我怕他等不到我會來敲窗子，我怕羅愛娜知道，我怕羅愛娜傷心。

我輕輕從被窩中滑出來，赤着腳摸到門旁，我正想開門，忽然——

「你往哪兒？」南茜的聲音在身後發問。

我僵直了，像有重鎚在擊着我的腦。

「我肚子不很舒服，」我驚惶地說一頓。

南茜轉身睡了。我溜出宿舍，外面一陣清涼，月光是銀藍色的。

在走廊的牆角我發現一個影子。我躡足向前，但立即我驚慌了，失措地掩住了自己的雙腿。

那是兩個影子，我認得那副眼鏡，那是級主任邱吉爾！

有男人說話的聲音，說的是英文。我知道是誰，我也知道那是怎麼一回事。

我想急急轉回宿舍，但在轉彎處我被人猛力地拉住了。我尖叫，但已有一隻大手掩住了我的嘴。

我睜眼一看，看見了杜令的大眼睛。他示意叫我噤聲，拖我在一旁走出校園外去。

他拉我到矮樹叢旁停住，吁了一聲。

「我的媽呀——」他低叫着：「想不到邱吉爾約了那英國籍教師也在走廊上相會，我就怕你來會被他們發現。」

※〔七〕

「他們見到了你？」我喘氣，心跳不已。

「我見到了他們。」他短促地說，一刻不停地凝視我。

「他們半夜在幹甚麼？」我問他。

他笑着說：「跟我們一樣。」

「跟我們？」我詫異地：「我們做甚麼？」

他伸手來擁我：「做愛。」

我拼命推開他。但他死纏住我，湊嘴過來親我的頸，我奮力用拳頭搥他，我喘息着：「你再這樣，我要尖嚷了。」

他說：「你來了又幹嗎拒絕我？」

我乘機從他臂彎逃開去，我理理頭髮，厲聲道：「你別估計得我那麼下賤！我來的原因是警告你，要是你再妄動，可別怪我不客氣！」

他想不到我會大發脾氣，怔住了。

我狠狠地說：「我不怕你是校董的甚麼人！我告訴你，我能隨時離校的！」

他垂頭慢吞吞說：「你別動氣，我以為你喜歡我。」

我簡直想笑，他的頭腦可比幼稚園的小孩還不如。

「我以為我吻了你後，你就會愛我了，」他囁嚅地說：「我以為我用手段就可以拉住你了。」

他有時很狡猾，但有時很坦白；他有時很老成，但有時卻幼稚可笑。我分析不出他的性格，捉摸不到他的真假。

他眨眨眼睛，看看我。又說：「我現在不妄想甚麼了，只希望你別恨我。」

我無聲地對着他，楞着，又楞着。

終於我別轉身子飛奔回宿舍去，我看見他在黑暗中站着，像在想些甚麼。

我輕輕扭開門，躡步上床。南茜並沒睡着着，在床上問我：「肚子好了些嗎？」

我只輕輕唔了一聲。

她又說：「杜令怎搞的？這幾天都不來敲窗子了。」

我一聲不響，轉身想睡。南茜卻又說：「羅愛娜一定很不好過，她最喜歡杜令的。」

我急急閉上眼睛，用手掩着心口，我暗自說：「我不能愛杜令，絕對不能！」

※〔七〕

※〔八〕

是邱吉爾教授的實驗課。這堂是物理實驗，全班同學都擁在白色的實驗室中，默默無聲地看邱吉爾實驗。

她把化驗品放在燒瓶內，然後燃着酒精燈；但是她發覺燈內的酒精用光了，所以不得不派人往儲藏室去取一些。

她見我就在她身邊，於是對我說：「丁妮，請到地下室去一趟，把一瓶酒精拿上來。」

她交給我開門的鑰匙，我匆匆往地下室走去。

地下室很遠，還要走一條很長的梯級。我到了儲藏室的門口，開了鎖進去。

我第一次進這兒，有些兒怕。室內都是木架，上面有藥品、儀器、各種各樣的東西，牆角都是動物的乾製標本，在陰暗的地下室中看來栩栩如生。

我嘗試找電燈的開關，但卻找不到。

砰的一聲，地下室的門自動地關了。我大吃一驚，室內一片漆黑。

我縮在一角，我聽見一個人的腳步聲。我的心突突猛跳，我見到一個黑影在向我一步步的逼近。

我不曉得他是誰，我不敢叫，也不敢動。

他走到我面前，伸手抓住了我的手。我驚叫起來，卻聽見溫柔悅耳的聲調：「別怕，是我——杜令。」

我鬆了一大口氣，倒在他胸前，我不會說話，因為我差些被嚇得暈過去了。

我說：「杜令，請你開一開燈。」

他說：「我不需要光。」

我心頭又劇跳起來，醒覺了：「你來這兒幹嗎？」

※〔八〕

「陪你。」

「你快替我找酒精。」我急道：「邱吉爾在等着。」

「讓她等吧，」他說：「我們不用忙急。」

他靠近來，我用手抵着他：「他們要來催了。」

「他們不會來，門給我推上了，」他得意地說：「鑰匙在你手上，邱吉爾開不了門！」

我驀地害怕起來；我向門邊猛奔過去，搜出鑰匙開那扇門。但他閃地似竄過來，一手奪去了那鑰匙。

我嚇得想哭，靠在門上問他：「你想幹甚麼？」

他低聲問：「你為甚麼老是怕得我這麼樣？」

「請你讓我走。」

「你愛不愛我？」

「不愛。」

「一點好感也沒有？」

「有惡感——假如你再不讓我走出去的話。」

他忽然拉緊我，用鼻聲說：「好，那讓我令你愛我吧！」

他蠻力地緊揖着我的腰，他的身軀緊迫過來；我的胸部壓着他強壯的胸肌，他把頭俯低下來，令我覺到他鼻中噴出來的熱氣。

我知道他想跟我親嘴，我死命用手掩着唇，我不讓他吻我。他並沒有因而退縮，把熱辣辣的雙唇蓋在我的手背上，他仍在吻我——雖然隔開了一隻手。

驀地他拼命拖開了我的手，他的雙唇飛快地印在我的唇上。我移動我的頭，但他揖緊着我。

漸漸我消失了反抗的意志，我軟弱了。我開始領略到親吻的甜味；他的唇熱辣炙嘴，他的鬍鬚是柔軟而帶誘惑的，他的舌頭沾滿了我的唾沫，舌尖的活動令我感動酥醉、迷惑。

他一直不肯退縮開去，令我感到氣喘，他的身子微抖着，我覺着他心臟的跳動。我的手慢慢在他背後伸起來，我想擁緊他，擁得他喘不過氣來；但是我忽然在他頸上一抓。

※〔八〕

因為我恨他，恨他的行為。

他殺豬似地叫了起來，摸着後頸：「你抓傷了我！」

「你親了我，我該收回些代價。」我說。

「假如你每抓我一下給我一個吻，那麼你抓吧！」他把臉湊到我面前：「這是我情願的。」

我說：「你可以開燈了。」

他真的開了燈，並且替我找着酒精瓶。我覺得很羞：別轉身子不讓他看我。

他慢慢走過來，把瓶子交給我。他說：「你放心，我不會告訴別人。」

我看看他兩隻迷人的眼睛，忽然不覺得他可憎了。我知道我的意志薄得像紙，我明明愛的是愛活，但現在我卻又着了他的迷。以前在愛活面前我感到矛盾，然而現在他已走了，剩下的只有杜令一個。是的，只有他了。

杜令湊唇過來吻我的後頸，他喃喃說：「我做過許多錯事，但對你我只做錯過一次。」

「甚麼事？」我問。

「你答應不怪我？」

「好的。」

他沉默一忽，說：「在游泳池拖你下水擁抱你的人就是我。」

「你！」我怒吼起來，但立即我不想責備他了，因為他可憐地望着我，令我不捨得罵他。

「因為我喜歡你，」他伏在我肩上說：「從第一眼見到你我就喜歡你……」

女孩子最愛聽男孩這麼說，我一直被他的外表所吸引，現在他這麼說，我似乎覺得自己有些喜歡他了。

我們從地下室上來，一路上他用手挽着我的腰。我感到很溫柔、體貼，又令我沉醉，我打定了主意，要是杜令真心愛我的話，我是願意接受他的。

杜令告訴我：「要是邱吉爾問起來，你說校董跟你在談話好了。」

我怔怔點點頭，忽然我感到自己在聽着他的指使了。

然而進入課室，我嚇了一跳。同學們都沉默着，邱吉爾也停止了授課，我意識到有甚麼意外，站在門邊不敢進去。

※〔八〕

南茜紅着眼圈走到我身邊低聲說：「奧拔的父親死了。」

我急急找着奧拔，但他並不在實驗室內。

「剛才他母親搖電話來，」南茜說：「他立即趕回家去了。」

「是怎麼樣死的？」我問：「是意外嗎？」

南茜悲戚地搖搖頭：「奧拔一直為他父親擔心，生的是肝病，躺在床上已有半年多了。用掉不少錢。」

南茜用手指着眼睛，杜令在她身側說：「我為他難過。」

我看看杜令，覺得他人品很純，雖然他表面浮滑了一些。

邱吉爾在講壇說：「林先生是個善良的人，三年前他捐過一萬元錢的數目給校方建禮堂。我對此很婉惜。」

「我們該有些表示，」她又說：「你們意見怎樣？」

南茜首先開口說：「讓我送個花圈去吧。」

南茜的意見是她一人出錢去買，但經過大家商量，還是大家湊錢買一個。南茜伸手讓同學湊錢，各人都解開了腰包，雖然所出的錢不多，但每一分一仙都充滿着人與人之間的熱情，我深深感動了。

計算結果，收集的錢有餘，後來多買了兩個，當天傍晚由南茜雇車送到殯儀館去。

杜令在我身後說：「想不到奧拔在一天之內就失去了父親。」

我慢慢地說：「人總是要死的。」

「假如你死了我會很傷心，」他說：「因為我把心放在你身上。」

我對他笑笑，心頭一陣醉意。

他驀地問我：「假如我死了你會怎麼樣？」

「你不會死的。」我說：「你還沒老呢！」

他笑了。我忽然假想他死了，假想他離開我了，我又會怎樣？愛活離開了我，我強硬地不讓心靈受到一絲創傷，但假如他又失去了，我能受得住嗎？

我不能失去他，因為我再也受不起打擊了。我要拉住他，不管一切的阻擋，一切的隔礙！

「你是不是還在愛着我？」我在他胸前親切地問。

「是的，永遠。」

※〔八〕

我感到安心了，因為他屬於我的了。

當晚我走進一〇六號宿舍時，羅愛娜坐在床沿盯着我直看。

「有甚麼不對？」我問：「幹嗎你瞧住我？」

「他跟你在搞甚麼？」她冷冷酷酷地問。

「誰？」我一陣心慌：「你指誰？」

「你跟他，杜令！」她蹙起眉毛說：「他不是跟你進地下室的？」

我怒說不是，但她搶先說：「我見到的！」

我極力否認說：「他替我找酒精。」

「他是不是吻過你？」

「沒有。」

「我知道他有！」她迫近過來：「我有証據，我見到他頸後的指甲痕！」

我恨她那副雌老虎相，雖然杜令是她的，但他愛的是我，他有他的自由，她又不是他的太太，她管得着？

她尖聲問：「有沒有？」

我一橫心說：「有！是他吻我，可不是我吻他！」

她頹喪地坐在床上，輕嘆着：「你不是說喜歡的是愛活？」

「他已走了。」

「你不能搶我的杜令，」她用手拍着床：「你不能！」

「我知道我不能，」我別轉身子背着着她：「但我已經做了。」

「你會吃虧的，你看着！」她尖叫起來。我躺在自己床上，看着書，不再理睬她。

我知道這也許是我的錯，但也許是杜令的錯；然而現在我什麼都不顧了，羅愛娜雖是我的好友，為了我的自私我橫下了心！

房中沉默着。南茜卻在這時回來了。

她臉色很蒼白，態度很疲倦。我跟羅愛娜無聲地看着她，她坐在床上說：「他很傷心。」

我們知道她指的是奧拔。

南茜托着頭顱慢吞吞告訴我們：「我去的時候他沒有睬我，我送上花圈之後，他只輕聲說了句謝謝。……後來我走出殯儀館，他在後面跟隨上來，他一聲也不響的望着

※〔八〕

我。我垂頭説我很為他難過，他不顧一切地撲上來，擁着我痛哭，我的心碎了，我不忍見他悲傷，……你們都知道，我愛的是他！」

我忽然覺得南茜在飛快地成長了，她一直蹦蹦跳跳，但現在她卻變得慎重端莊了。我看看她的面色，我知道她有所心事，但我猜不到甚麼在騷擾着她。

奧拔在第二天清早就回校來了，他並沒有見到他父親下葬。我們發覺他皺着眉心，嘴角上連最後一絲的笑容也飛跑了。同學們都紛紛上前安慰他，他説着的老是這句話：「我感謝你們！」

下課的時候，我們見到奧拔與南茜在校園中單獨談話。他們都説奧拔得到安慰了。

我以為奧拔與南茜的感情因此而逐漸增進了，但是南茜卻滿面愁容，平時默默無聲。

現在一〇六號宿舍變得冷落清靜了；羅愛娜發着我的脾氣，對我不瞅不睬。南茜滿面愁容，鬱鬱寡言。我弄不明白南茜的心事，也不想跟羅愛娜鬥嘴，因此平日也一聲不響。這樣，宿舍中以前的歡笑聲從此就消逝了。

唯一能令我愉快的是杜令，他一天到晚伴着我，討我歡心，他對別個女孩都冷若冰霜，待我卻熱情如火，溫柔體貼。

他告訴我他從未真正愛過人，我是第一個。以前我對他處處懷疑，視他有如魔鬼，但現在我卻信任他了，而且暗暗愛着他了！

同學們都説杜令現在不再玩弄愛情了，又說我改變了他。我深深自慰，感到全校最幸福的人就是我！

※〔九〕

一星期後，學校發生了件震天大事。邱吉爾失竊了！據她說她有一條滿鑲碎鑽的白金頸鍊，那晚她參加一個私人宴會回來，一時忘記把它從手袋拿出來放好；第二天一早打開手袋一看，項鍊已不翼而飛了！她大為焦急，忙向校方作了一個詳細的報告。

校長與杜校董為之驚震不已，杜校董在週會上面對全體同學大發牢騷，他說：「本校從未有過偷竊的事件，此次事件的發生，令我很感羞慚！」

接着校方就進行了詳密的調查，學生們隨之轟動起來了，紛紛猜疑着誰是這個竊賊！

羅愛娜說：「偷東西的一定是男同學，女學生絕不會做此下流的事！」

奧拔說：「偷項鍊的未必是校中的學生，所有工友、職工都有嫌疑的！」

杜令對此事極感興趣，笑着說：「這倒是個很好玩的遊戲，讓我們來試試擒飛賊吧！」

舊同學都對這件失竊案驚張萬分，但我並不加入意見，因為全校近千名學生，誰知道賊是誰？

邱吉爾失了首飾懊喪萬分，連教書也懶散了。整個學校都進入驚張狀態，人人都為這事憂心。

但是，始終查不出真相來。這樣又過了一個星期。

一天晚上，羅愛娜又在床上學着抽煙，但是她找不到火柴。她摸索到南茜的床邊去，在她的床褥下到處覓找火柴，忽然我見到她楞着，一聲不響的背着我楞着。

我意識到有了意外，忙趕過去張望，一看之下也呆住了！

羅愛娜手上托着一串亮晶晶的東西，她在南茜被褥下覓到了邱吉爾的項鍊！

「是她！是南茜做的！」我們一齊驚呼了起來。

想不到！想不到！一千萬個想不到！原來南茜是個賊！

※〔九〕

門格地一響，南茜洗了澡回來，她見我們蹲在她床跟，忙跑近來，驚惶的說：「你們？……」

她忽然説不下去了，面色驟變，驚惶地退到書桌旁邊；她瞥見羅愛娜手中的頸鍊，她驚慌了！

「是你！」羅愛娜霍的站起來：「好不要臉！」

南茜痛心地哇叫起來，掩住了臉：「是我！是我的！我不要臉！……」

她瑟縮在牆角，哭得淒慘異常。我過去想扶她，她見了我，像見到了親人一般地擁着我痛哭。

我知道要是偷慣搶慣的人，被人捉住了也不會失聲痛哭的，我低聲問南茜：「告訴我，你為甚麼這樣做！」

她在我耳邊抽搐着，我聽見她哭聲中帶着一個名字：「奥拔……」

我氣憤起來，抓住她就問：「奥拔指使你偷的？」

「不！」她尖叫起來：「是我打算偷給他的！」

我真弄得莫名其妙，南茜強自壓制哭泣，説給我聽：「奥拔父親死後，他母親欠下別人一大筆債，奧拔在第二天回校時告訴我，他說他要停止求學了，但他始終不肯承認他處着的惡劣環境，……我知道他想做修理汽車的學徒，我知道他很難受……我不願見到他這樣，我不能失去他，我要他仍舊在這兒上課，我不能讓他離開我……」

我默默看住她，她說下去：「我見過他媽媽，她很仁慈，但她沒有法子供給她的兒子再讀下去，她對着我哭，但哭不是辦法，我決定自己替奧拔想法子，你看，我身上的首飾都沒有了，我都弄掉了……」

我記得初見南茜時她有一條金雞心的項鍊，還有一隻祖母遺下的玉戒指；但現在她的項鍊不見了，戒指也失蹤了，換來的是吊在她臉上的滿臉淚珠。

「我實在再想不出辦法來，我想到了偷！」她傷心地撫住心口：「我為了奧拔願做一切，即使是最鄙卑的事情！我不願偷同學們的東西，因為你們待我和奧拔太好了……我偷了邱吉爾的首飾心中很難堪，常常在自責，我知道我很下流！我是個賤人……」

她的淚水往下直淌。我捧着她的臉，熱淚直流在我的掌心中，我心頭一陣難受，同情之淚奪眶而出。我替她揩去眼淚，我說：「你是善良的，但你做錯了。」

※〔九〕

羅愛娜在南茜床褥下發覺邱吉爾失去的項鍊。

她向我懷中一撲，嚎啕大哭起來。

南茜感動了我，我不覺得她有錯，她是偉大的！

我怔怔地想着：「向校方報告？還是保守秘密？」

我轉頭看看羅愛娜，發覺她失蹤了，她拿着項鍊去告密了！我抖索起來，南茜這時卻漸漸鎮定了。

半晌過後，羅愛娜從門外進來，一進門就冷冷地說：「杜校董就來了！」

我對她起了一陣切齒的鄙恨，我瞪眼咆哮起來：「你告密！」

「為甚麼不告密？」她叉腰斜視着我：「我為南茜而羞恥！」

我呼地竄上去，飛快地摑了她一下嘴巴。她震倒在床面，掩着嘴叫了起來。

我指着她：「你再這麼說，你小心再給我打！」

我不想跟她多說，她那種人即使明瞭南茜的處境也絕不會給予同情的！

南茜緩緩走出門去。我問她往哪兒，她說：「我要到教務室去，讓他們懲罰我吧！」

南茜的背影漸漸遠去，我感慨萬千，是誰害了她？奧拔？羅愛娜？抑或是她

※〔九〕

自己？

第二天全校都知道了一切，他們都知道南茜是個賊，是個不要臉的扒手，卻沒人了解她的心！

教務處給予南茜的懲罰極嚴，除了對南茜一大番指責外，另外還貼出佈告：「F.4B學生南茜．關，因犯偷盜行為，嚴重破壞校規，應予除名……」

南茜被開除了，看完了佈告我偷偷的掉下了眼淚。

同學們看完佈告都散開了，除我之外只有一個人站在佈告板前，垂着頭久久不去。他是「大山貓」奧拔。

我看見他抽搐着的後肩，知道他很難過。我輕輕跑近去站在他身邊。

沉默着。

「她為的是我，你知道嗎？」奧拔忽然自責萬分的告訴我：「她為了我的學費而……」

「我知道，」我輕輕拍着他肩頭：「杜令他們也知道。」

他拾起了充滿紅絲和淚光的眼睛，看了我好一會：「她是個好人，只怪我待她太壞……」

「你不用自責，」我安慰他：「你沒有對不起她，她也沒有錯。你們都是好的學生。」

他不響，久久才說：「我不知道怎樣才能報答她，我以前還總跟她作對。」

我記起了很久以前，他在課室扔張紙團給南茜，南茜又擲回給他；我還清楚地知道裡面寫些甚麼，但是現在一下子，竟轉變得這樣快！我很感觸地向他說：「那已是過去了，現在你們都長成了。」

他點頭輕聲說：「我會跟着南茜一起離校，無論她到哪兒，我都隨着她！」

我不太相信他的話，但我見到他的真誠，他的懇切，我知道他會這樣做的！

杜令在下課之後叫住我，他急匆匆說：「我們找南茜去。」

「為甚麼？」我說：「她在宿舍中不出來，現在她一定很難過。」

杜令卻不理一切的拖我同進一〇六號宿舍裡去。一開門，只見南茜黯然在整着行李。

「你馬上就走？」我焦急地問：「南茜，你——」

南茜回過身來，卻沒有一絲兒的悲傷樣子：「我明早走。」

杜令急急接下去說：「你不用走，我有法子令你留下來！」

※〔九〕

我喜孜孜地望着杜令，他說：「我去跟我爸爸說，我可以把事情弄明白！」

南茜不大明瞭地看着杜令。隔了好一會，她輕聲說：「我一直以為你是一個壞蛋，原來你有一顆這麼善良的心。」

我看看杜令，心底很滿足，現在沒有人說杜令是壞蛋了！南茜握着我的手說：「我感激你們，但我不能在這兒繼續求學下去，雖然你們諒解我，寬恕我，但我原諒不了我自己，現在，我自認再也沒臉對同學們了……」

她差些要哭出來，但馬上她欣慰地面露着笑容說：「我明早走，奧拔告訴我他和我一起去。他現在辦離校手續，我一直以為世界上沒人會愛我，但他剛才對我說，雖然我做錯了事，但他仍一樣愛我——原來他一開頭就喜歡我了，但是只藏在心內……」

南茜笑了，比以前更活潑更天真！沒有一個人能比得上她的善良，沒有一個人能比得上她的真純，我和杜令都這麼說。

第二天一清早，的士來了。我們替奧拔和南茜搬上了衣箱，南茜坐在車上跟我握手話別。

「記住我，丁妮，」她說：「還有記住奧拔。」

我有點傷心，卻又為南茜暗暗歡喜。

汽車開了，我在後面揮手，又揮着手——

※〔九〕

※〔十〕

小房內空掉一張床了。南茜走後，宿舍內更難聽到一句笑語聲了！

羅愛娜懷恨着我搶她的杜令，懷恨着我打了她一個嘴巴！她在我後面盯着、咒着！

我不加理會，杜令與我仍打得如火如荼，有時候我感覺自己在犯着罪，因為究竟杜令是羅愛娜的情人。

「別理會羅愛娜，」杜令會這樣告訴我：「我們已過去了，我沒有愛過她。」

我真的不再理會她，為的是杜令從沒愛過她。

然而我不得不加理會，羅愛娜越來越憔悴了，她一副病容，兩眼發直，有時身子又發抖；我以為她患着病，但她卻從未呻吟過一聲。

晚上我聽見她起身散步，又見她對着月光發呆，她還說囈語，往往在睡夢叫起來；段考的時候她拿到了七個赤字，打破了全班的紀錄！

我知道這是我的錯，我暗暗懊喪。但我絕不肯放棄杜令——我又矛盾了！

報告單發下來第二天的晚上，我聽見羅愛娜在睡床的抽泣聲。我看看小鐘，快近一點了。

我難以明瞭她深夜痛哭的原因，我想不理她，卻不忍看她越哭越傷心。我啪地開亮了枱燈，她急急揩去了眼淚。

「別不讓我知道，」我首先開口對她說：「你傷甚麼心？」

她想不睬我，但一翻身她坐起來求我：「請你放棄杜令，我要他，我不能失去他！」

她的眼淚簌簌而下，在她蒼白的臉上留下了兩條淚痕。我感到她萬分可憐，以前她威風陣陣，艷麗奪人，但現在卻有些像冬天裡的殘花了。

「他沒有愛過你，」我直截地說：「他說他從沒有！」

※〔十〕

她瞪眼楞了好一會，仆在床上痛哭。

「你別信他！」她忽然從床上坐起來：「你小心給他騙！他騙了我來騙你！」

我看她的模樣不對勁，忙問：「他騙了你甚麼？」

她抖着身子，斜倒在床上抽泣着。我過去扶住她，發覺她手心冰涼，身子在抖。

她驀地瞪眼叫了起來：「我有孩子了！是杜令經手的！」

我赫然尖叫了起來，這是不可能的，這是不可能的！

「這是不可能的！」我心頭突突亂跳：「他不會做這種事！」

「他做了！他做了！」羅愛娜擦地撩開了她的睡衣，我見到了她的肚子，我暈厥了！

「他是那種人，他是那種人！」我耳邊有聲音迴轉着：「他是魔鬼！」

「我跟他胡混了三年，那時我才十六歲，」她哭着：「我樣樣要出風頭，他樣樣滿足我。我不會吸煙，我卻偏要吸，因為這些你們都不會！他騙我他愛我，他在游泳池底擁抱我，他在地下室內吻我，他說他會永遠愛我！我給了他一切，但是，你看三個月不到，他就……」

我莫名地怒吼起來，我醒覺到自己已受騙了，想到羅愛娜的肚我一陣恐懼！我扔下在床上痛哭的羅愛娜，瘋狂似地開門飛奔出去。

園中一片墨黑，沒有月亮也沒星星。我向男生宿舍直奔，砂石刺痛着我的腳，我卻沒有發覺我赤着腳；夜風掠過我的毛孔，令我全身發抖，但我卻不知道我仍穿着睡衣。我奔過課室，跑近有噴泉的校園，直闖到男生宿舍中來。

我知道杜令住在八〇號，我閃電似地撞開了門。衝進去。

房中全是男學生，我啪地亮開了電燈尖嚷着：「杜令！起來！」

男同學們見到我單衣、亂髮、赤腳、怒容滿面的站在門口，大家都轟動起來。

杜令從睡床上跳了下來，驚惶失措地叫止我：「丁妮！快出去！」

我瘋狂地衝上去，一把抓住了他的衣領。我見到他一對錯愕的眼睛，但我不再對它着迷了，我升起了一陣強烈的怒火！

我奮起全身之力拍拍給了他兩個耳括子，他被震退了下去，站在面前發楞。

男同學們都奇詫地注視着我，我忽然手足無措起來，我哭着，又叫：「羅愛娜懷孕了！是杜令的！是杜令的！」

我聽到一陣混亂，一陣嘩然，一陣叫……。

杜校董在第二天中午召我進會客室去了。他坐在長梳發上，輕聲對我說：「坐到這兒來，丁妮。」

我坐到一張梳發上去，他卻拍拍他身邊，我依言坐下了。他側身慈祥地望着我：「一切我都知道了。」

我不響，默默望住他。他說：「現在一切都做成了，我打算讓他們結婚。」

「結婚？」我心頭一征：「他們還年青，他們應該繼續求學的。」

「我只有他這麼一個兒子，我幹教育的，卻教育不了他！」他感慨地搖搖頭：「為了我的名譽，他們必須結婚！讓孩子出生後再讓他們繼續求學。」

我不響，也不明白他接見我的原因。

「杜令對我坦白了一切，」他說：「我知道你跟他的關係，他告訴我他真心愛的人只有你。」

「他這麼說？」我忽然不曉得該怎麼辦，我失卻了主張。

※〔十〕

我升起了一陣強烈的怒火，打了杜令兩個大大的耳括子。

杜校董慈祥地看看我：「我知道他很壞，但他不會對我說謊。我叫你到這兒來，我想聽聽你的意見。」

我心中七上八落，簡直是一團亂麻，杜令真的是愛着我？真的？我驀地想起了羅愛娜的淚臉，我扔開一切，毅然道：「讓他們結婚吧。」

杜校董微笑地問我：「你很想得通，你不難過？」

我搖搖頭，站起來預備走了。杜校董正色對我說：「他們唯一可走的路就是結婚了，我希望你們不要學他。」

我慢慢踱出會客室，頭腦重鼓鼓的。我像一個剛從催眠術中醒過來的病人一樣，一點兒思想也沒有，我沒有傷感，沒有悲哀，一切感受都失去了。

我走到泳池邊，呆呆望着池水出神。

一個高大的陰影站在我身邊，一個聲音在低聲叫我：「丁妮。」

我轉過頭去，杜令誠懇地坐下來，對着我：「我能向你說一句話嗎？」

我忽然麻木了，我看看他：「你說好了。」

他凝視我久久，驀地顫聲說：「我錯了。」

我想不到他對我説這句話，我想不到他會知道錯！我默默不作一聲。

「我曾向你説過，我做過許多錯事。」他把頭埋在掌心：「但我沒有對你做過不好的事。」

「你不應該認識我，這是你的錯。」

「我沒有錯，」他肯定地說：「我沒有愛錯你，是你愛錯了我。」

我別過身去：「你別這麼說，你快要結婚了。」

「我知道，但我不愛羅愛娜。」

「她將是你妻子，你應愛她。」

「我不會愛她，雖然我們結了婚，」他搖搖頭：「我仍不會愛她！」

「你不愛她就不應讓她有孩子！」

「我知道，」他點點頭輕聲說：「但那時我還沒有愛上你。」

我懼怕他這麼說，我怕他説他愛我，我急急站起想走。但他拖住了我：「我仍舊愛你，請相信我。」

※〔十〕

我抬起頭看看他，他對我笑笑，我看出他的笑容失去了以前的光采和迷人，因為那是苦味的。

「你不相信我？你仍以為我騙了你？」他急急問着。

我麻痺了，因為我已失去我的感受。

他見我呆木着，焦急起來：「我玩弄愛情，但我不承認我在玩弄你！」

我想告訴他我仍信任他，我想告訴他我仍愛他，但我不能那麼說。為了羅愛娜，為了他們的婚姻幸福，我冷冷告訴他：「我不相信你！」

他呆了，痛苦在眸子中流露出來。他垂下頭去，我見到一滴淚水由他眼眶直掉下來。

我不忍讓他難受，握着他的手背，低聲說：「我會記住你。」

然後我走了，留他單獨坐在泳池旁邊發呆……

※〔十一〕

汽車由校道直駛進來，羅愛娜和杜令默默地提了行李等待着。

司機開了門，羅愛娜並沒立即坐進去，卻走到我跟前伸手擁着我。

「你太偉大了，」她淚汪汪的說：「我始終認為你是我的好朋友。」

「這不是離別，」我此刻覺得她很好，我對她的壞印象都一掃而光了。我親切地說：「我們會再見的，我祝福你們。」

她緊緊握着我的手，坐進了汽車。

杜令走上來，他的嘴唇動了動，卻說不出一句話來。我像有許多話想告訴他，但這已不是時候了！

※〔十二〕

終於他用無人能聽到的聲音向我説：「我們完了？但請你記住我。」

我點點頭：「聽我的話，好好愛你的太太吧。」

他笑一笑，溫情地説：「我會的，我聽你的話，因為我愛你……」

我握着他的手，他的手在抖。

終於他坐進了汽車，馬達聲一響，汽車開去了，留下一陣陣飛揚着的灰塵。

一對又去了！我心中一陣空虛。

我想哭，哭不出。我想笑，也笑不出。我倚在牆柱上，初進校時一幕幕的趣事在我腦底重映出來；但是現在南茜走了，奧拔走了，羅愛娜也走了，最後連愛我的杜令都走了！

我失去了朋友，失去了愛！失去了一切。我不願回宿舍去，因為宿舍裡又空掉了一張床。我感到孤獨而又寂寞，我想到離開這兒；此地的溫暖、愛、友誼都消逝了，留下的只是一片傷心的回憶。

我打定主意：「回澳洲去吧！」

我轉身想回宿舍，卻見校道上遠遠駛來一輛汽車。汽車越來越大，越駛越近，終於在校道上停住了。

汽車的後門一開，走出一個人來，他清秀、端莊而又文靜，我驀地發覺了他是誰，愛活！

我怔住了，對着他我發覺自己的軟弱、渺小、和羞慚。我睜眼看着他，淚水順面而下。

他向我微笑着，一步一步的朝我走來。我發覺他的腿！他的腿已是兩條一樣長的了！

我剎那間感到我應該留下來；我忽然覺得校舍內又有生氣了，我愛這兒，對的！我應該留下來！

※〔十一〕

附錄：

依達寫出青春夢幻

——沈西城

少男情懷總是詩，十五、六歲，情竇初開，對愛情有了憧憬，有了愛慕。鄰家小妹生而韶秀，佻達輕盈，忍不住每天偷偷看，悄悄望，一日不瞧，如隔三秋，如此下去，如何得了？為抑奔騰情緒，四出尋找代替品，一眼相中依達愛情小說，第一本《蒙妮坦日記》，日看夜看，終於移情蒙妮坦，小妹哩，忘得一乾二淨，誰説情關闖不過？瞎講！繼而《垂死天鵝》，為書中女角暗自垂淚不已，從此被依達俘虜。

六十年代末，依達紅火，小說不獨迷倒千萬少女，也感染咱們一班少男的心，學懂修飾儀容，穿著趨時，在派對中標奇立異，追狩獵物。小說還教懂咱們不少時髦玩意：戴甚麼牌子手錶、穿甚麼歐西新潮服、到何處喝咖啡、開甚麼汽車……依達已成心中的神。看過他一個短篇，慾火焚身的男人跑上公寓召妓，卻被妓女可憐的遭遇感動，扔下鈔票，頭也不回地跑了。慾念昇華，人性本善，予我印象難忘，小說實已脫離流行小說框框，步入文學殿堂。依達成名後，不少小說拍成電影，最喜歡《儂本多情》、《藍色酒店》、《垂死天鵝》和《漁港恩仇》，後者更是依達絕無僅有的鄉土小說。

不知何年何月何日，八十年代初吧？朋友帶我去淺水灣探訪一個叫菲列沙里奧的洋人，別墅雅緻，綠蔭匝地，美酒佳餚，雪茄果品，川流奉上，殷勤備至。捧著白蘭地酒杯，走向不遠處衣著入時的翩翩紳士：「依達先生，你好！」我遞上名片套近乎。話匣子打開，熱情友善，禮貌週週。從外表看，不像作家，酷似明星。沒說錯，依達後來真的步上銀幕，演對手戲的正是影迷王子謝賢。謝賢八十老來嬌，《殺出個黃昏》已拿了一個影帝，第二個影帝正等著他（結果如願以償）。曲終人散，主人家餽贈禮物，我得金筆一桿，依達得菲列沙里奧手腕錶一塊。天階夜色涼如水，握手互道說珍重。一九八二年，我當上《翡翠周刊》總編輯，向依達索稿，爽快答允。有時到了「死線」，稿仍未至，只好上門取。其時，依達住在太古城春櫻閣，我直奔上樓，通常是半開大門，將稿子塞出，並說：「沈西城，急就章，不好的話，可以不用。」一聲婉態懇，這便是依達。偶然也會在宴會上碰面，多偕簡八哥（香港作家簡而清）同來，兩人一對活寶，相互調笑，樂在其中。八哥去後，星沉影寂，近幾年更是不知所終。朋友談起依達說：「就像風箏斷了線，不知飛了去哪兒？」有人接口：「說不定去找蒙妮坦呢！」眾人大笑。到底去了哪裏？傳聞愈來愈多，有人說他移居中山，也有說是在東莞經營傢俬生意，真假難辨。心雖繫之，苦無法子，唉！一籌莫展。

二〇一九年七月，偶看臉書，有人提及以往曾跟依達旅遊，心念一動，試發一則訊息給依達，幾日後，竟獲覆身在珠海，並附微信號碼，我們遂可互通聞問了。接下來，我們每天發信息，他送我網上各樣奇花異卉，其中一則說：「百合花，遠在四世紀，人們已將此花用作食用或藥用。南北朝時代，梁宣帝愛其超凡脫俗，而成為欣賞花。中國婚禮常用百合花，取其『百年好合』之意。」自二〇一九年至今，每天送我花一簇，大可輯之為書曰《繁花》。

十六歲出道作即拍電影

依達十六歲時，向環球出版社投稿《小情人》，書久未出，原來已轉送邵氏拍電影，誰有此眼光？海派作家、我的老大哥方龍驤是也。依達夫子自道：「第一部書是每天做完功課，一天寫一點完成的。環球的方龍驤取錄我的小說，久久未出版。原來他介紹給陶秦拍成《儂本多情》。書出版時，戲已在拍。也算是我的幸運吧！」依達感恩：「所以他是我的恩人兼老師。他的確指點我寫作技巧，教我寫小說橋段要有化的技巧。我一直叫他方叔叔。」可方叔叔已在二〇〇七年五月五日因心臟病遽歸道山，依達不知道，告訴他，黯然神傷。《儂本多情》攝於一九六一年，陣容鼎盛，女主角四川杜鵑、男主湖北張沖、上海喬莊皆作古。六十年輪流轉，故人怕已輪迴，只是身影、臉容仍在我輩老影迷心中。

二〇〇二年移居珠海，棲住臨河大道，每日賞花、旅遊，四處覓食，逍遙寫意。他說：「一直就喜歡珠海的海闊天空……享受這兒的清靜和無人認識我的自在，找到自己最喜歡的樓宇，買下了，就一直退隱到現在。」我一向喜歡尋根問底，問為何叫依達？他打哈哈笑：「這還不簡單，我自小喜歡意大利歌劇，最愛《雅依達》，自取筆名時，去掉『雅』，即成『依達』！」唉！依達兄，知你者是我，一萬個放心，小弟絕不會打擾你的清靜，此刻濁世清靜難求！

復刻系列

桃李劫

作　　者：依 達
責任編輯：黎漢傑
法律顧問：陳煦堂 律師

出　　版：初文出版社有限公司
電郵：manuscriptpublish@gmail.com

印　　刷：陽光印刷製本廠

發　　行：香港聯合書刊物流有限公司
香港新界荃灣德士古道 220-248 號
荃灣工業中心 16 樓
電話 (852) 2150-2100 傳真 (852) 2407-3062

臺灣總經銷：貿騰發賣股份有限公司
電話：886-2-82275988 傳真：886-2-82275989
網址：www.namode.com

版　　次：2023 年 4 月初版
國際書號：978-988-76891-9-5
定　　價：港幣 88 元 新臺幣 320 元

Published and printed in Hong Kong

香港印刷及出版